句集

香日向

清水余人

Shimizu Yojin

飯塚書店

句集 香日向＊目次

句集　香日向

清水　余人

序

　俳縁といえば聞こえはよいが、互いに俳句に馴染んで研鑽を積み、顧みてこの人とは俳縁があった、などと都合よく使うことはよくある。もとより結社に入ってくる新会員に、あらかじめ俳縁などあるはずもない。句座を求め、連衆に加わり、結社誌に発表の場を得たいというのが本音であろう。わたしは新会員に初めて会うとき、この人はここで長続きするだろうか、といつも心配になる。

　清水余人さんは、田創刊の準備さ中、平成十四年十二月の麻布・六本木吟行に初めて現れた。禾集同人の神戸美沙子さんの紹介であった。あいにくの大雨の中、麻布十番を歩き鳥居坂の句会場で忘年句会を行った。句会後、中国料理の店で忘年会となり、余人さんと初めて会話したのを覚えているが、長身で実直そうな印象であった。大手商社系列の社員と仄聞していたが、慇懃に渡された名刺を見ると毎日仕事で使うものではなく、私製の名刺の肩書に寅年・B型・甘党とあり、歩山家（幸手市香日向山の会所属）とあった。若い時は登山をしていましたが今は山を歩いています、ということであった。後に、茸にも造詣が深く食用と毒茸の鑑別もできることを知った。

余人さんとの出会いを書いたが、この人はここで長く俳句を続けてゆくのだろう、と安心した記憶がある。俳句における出会いは、偶然ということはほとんどない。わたしが、初対面の第一印象をだいじにしている所以である。「余人」という俳号は、いわゆる団塊の世代の名残といえる昭和二十五年生まれで、どこへ行っても人が余っている年回りだったからと謙遜するが、余人をもって代えがたいという言葉もある。

はじめに職場俳句と思われる、仕事の周辺を詠んだ諸作を採り上げてみたい。大学卒業と同時に大手商社系列の不動産会社に入社し、ビル事業やゴルフ場開発、住宅地造成、マンション開発・管理など八面六臂の毎日であった。

つつじ咲く午後のオープンハウスかな

急ぐ身に鯊釣ぐらい見て行かう

似たやうな屋根ばかり増え野焼かな

キューポラの街つるばらのアーケード

ひと山が住宅団地梅雨に入る

葉桜やビル光りつつ増殖す

合併に取り残されて花見かな

ニュータウンものみな古りて去年今年

不動産会社という仕事の性質上、いつも現地に足を運び、現状を正確に把握しなければものごとが進まない。突発的な事態が起こり、句会を休むこともたびたびであった。企業戦士などという言葉は、今や通じないが、時代背景を考えれば至極当然の風潮だったといえよう。

わが勤め天職なりやちちろ鳴く
冬銀河笑顔で帰るために泣く
手袋が疲れてゐたる椅子の上
しばらくは雛に声かけ出勤す

忙殺される日々に、ふと今の仕事が天職だろうか、と自問自答することもある。自ら選んだ道であれば、今さら引き返すことはできない。こみ上げる怒りを堪えて帰宅する日もあった。それでも、忙中閑ありには銀座の文房具店、伊東屋に立ち寄ることもある。

看板に赤きクリップ文の秋

寸暇を惜しみ、立ち寄ることのできる文房具店といえば勤務地に近い日本橋の丸善か銀座の伊東屋、鳩居堂などであろうか。伊東屋の看板は大きな赤いクリップが目印。遠くからでもすぐ目に付く。そうだ、気の利いた便箋を選び、文を認めてみようと思う秋の一日であった。

そして、恪勤してきた会社勤めも平成二十六年に定年を迎えることになる。

肩書が外れ手に取るひょんの笛
定年がみえて靴買ふ帰り花
定年の今年の桜満開に
職業は無職と記し梅雨籠
定年や財布に仕舞ふ蛇の衣
定年や明日は一人の夏休み

定年の少し前、重い肩書がとれた。ひょんの笛を吹いてみたり、自由に歩ける靴を買ったりして、定年の日を待っていたが、いざ定年の翌日から一人の夏休みがはじまると、慣れるまでいささかの寂しさもあった。とはいえ、抽出した諸作には定年を迎えた安堵と充実感がある。

次に、妻・母親を詠んだ句を採り上げてみたい。妻を詠んだ句が六句ある。

落葉松の芽吹きに妻の染まりけり
銀婚の妻の抱きし冬薔薇
屈託のありげに妻のサングラス
嬉しさは西瓜の好きな妻であり
新米を囲みて二人ルビー婚
妻よりのバレンタインの紙包

ことに戦場ヶ原で詠んだ一句目にほのぼのとする。甘さに傾きがちなところを落葉松の芽吹きに託して詠んだ、出色の愛妻俳句といえよう。

東京に住む母もしばしば俳句に登場する。

耳遠き母の笑顔や鉄線花
夏掛や母たひらかに寝ておはす
母撮らば遺影にせよと花の下
母訪はば炬燵の上に何もかも

母を詠んだ四句目は微笑ましい。ご高齢と思われるが、いくつになっても母親の存在はありがたいものである。

ここまで余人さんの職場俳句と家族俳句に触れてきたが、じつは吟行の所産に特筆すべき作品が多い。一般に、書斎派と吟行派の俳人がいるとすれば、余人さんは間違いなく吟行派の俳人である。吟行句を抽出してみれば、疑う余地もない。

埼玉県行田市の埼玉古墳群へは、地の利を生かして折々吟行を重ねている。親しみをこめて句友から「古墳の余人」と呼ばれることもある。

円墳の天辺に咲く桜かな
春の野に頭出したる土偶かな
円墳を登りて下りて梅探る

み春野や雨にけぶれる古墳群
蝌蚪の国古墳の濠に興りけり
古墳背に埴輪めきたる春帽子
犬埴輪連れてゆきたき春野かな
春の陽に古墳ほどよく温みをり

日頃、余人さんと吟行を共にする機会は多い。吟行句は枚挙にいとまがないが、印象に残る所産を掲げておきたい。

古志の川呑み込む簗の軋みかな　（新潟）
石も樹も苔むす寺の時雨かな　（那谷寺）
青ぬたや裏は運河の蔵屋敷　（岩瀬）
役僧の首青々と梅雨に入る　（永平寺）
千島より海鵜が三羽今日来る　（城ヶ島）
昭和はるか植田に雨のしぶきけり　（鴨川）
水澄むや閉山といふ行き止り　（足尾）

秋風や路地を繋ぎし醤蔵　（金沢）
二千年水漬く林や冬怒濤　（魚津）
閘門の開きてどつと虫の声　（富山）
人影のどれも小さし秋の浜　（色浜）

わたしたちの師系にあたる岸風三樓は、「俳句は履歴書である」を作句信条に、真実を詠みとめ、詩ごころの潔さを求めた。「沈みゆく夕日を惜しむより、明日昇りくる太陽を信じよう」をモットーに、冀求の精神に貫かれた俳句の向日性を推し進めた。
その師系に連なる余人俳句は、仕事の周辺を詠み、家族を詠み、吟行の所産も多い。まぎれもなくこの『香日向』は、俳人清水余人の履歴書である。

令和二年　立秋

水田光雄

菊衣

平成十五年

外洋船春光長く反射せり

単線の一駅ごとの桜かな

下戸にして春の単身寝台車

廃坑の町の真中に雲雀鳴く

不美人といふ名の酒場犬ふぐり

土筆摘む丈高ければ高きまま

つつじ咲く午後のオープンハウスかな

田に水が入りて白鷺疾く来る

短夜のラジオにリリーマルレーン

切火して送り出したる出水の夜

ちんぐるま稜線行けるところまで
かなぶんの指こじ開ける力かな

わが勤め天職なりやちちろ鳴く
急ぐ身に鯊釣ぐらい見て行かう

刈上げし頭つるりと赤い羽根

小夜更けてべつたら市のいや白し

父逝く　三句

棺に入る父にも着せよ菊衣

湯豆腐を囲み初七日暮れにけり

黄昏に人の溶けゆく寒さかな

暖炉の火見つめて思ふこと忘れ

平成十六年

西瓜食むゆふべと同じ顔をして

早稲晩稲色を分かちて稲筵

木犀の花は真下に積りけり

柿旨し入歯の合はぬ母とゐて

掛時計外して寒し地震の夜

年経たるカメラに写す初景色

平成十七年

初雪やしみじみ開くたなごころ

塩引を持て余したる昼餉かな

竹馬を降りし少年老い易き

冬牡丹「咲いていいます」と見本かな

休耕の一枚増えし田打かな

交差点渡る田植機濡れてをり

似たやうな屋根ばかり増え野焼かな

亀の上へ上る亀あり藤祭

耳遠き母の笑顔や鉄線花

キューポラの街つるばらのアーケード

蜘蛛の囲のところどころを繕へる

蟬の穴五黄土星が覗きをり

関八州見渡す秋の筑波かな

下戸ながら温め酒の一夜かな

新酒酌む娘二十歳となりにけり

白菜を束ねし縄のゆるびなき

平成十八年

帰農せし友の便りや寒蜆

迷ひつつ獣の進む雪野原

山笑ふ皆降りてまた空のバス

雲雀野に並びて丸き瓦斯タンク

一本を摘めば土筆の群がり来

雲雀野の真中を抜けて本買ひに

鯱に凛々しき眉毛松の芯

円墳の天辺に咲く桜かな

戦場ヶ原　三句

春日傘挙げれば停まる電気バス

落葉松の芽吹きに妻の染まりけり

一時間来ぬバス停や森芽吹き

ひと山が住宅団地梅雨に入る

父の日や父の残せし戦の句

夏掛や母たひらかに寝ておはす

夏休み体操カード首に下げ

睡蓮の池の明るき美術館

橋煌々河黒々と涼み船

梨一つ詰めて古びしリュックかな

道に迷ひて毒茸に出会ひけり

茶屋町に続く細道初紅葉

秋風や路地を繋ぎし醤蔵

看板に赤きクリップ文の秋

匂ひきてべつたら市の始まりぬ

瓦斯タンク鈍く光れる枯野かな

煤逃や歩けば多き行き止まり

銀婚

平成十九年

新宿に挟まつてゐる寒の月

きのふ来てけふ帰るひと花蘇枋

川の上に五千余匹の鯉のぼり

葉桜やビル光りつつ増殖す

竹簀干し明日解禁の簗場かな

古志の川呑み込む簗の軋みかな

空蟬の抱へてゐたる百度石

噴水の止りて楽を失へり

蟬鳴きて百葉箱の孤独かな

途切れてはまた咲きつなぐ曼珠沙華

動かざるＤ５１に降る落葉かな

冬の雨彰義の墓へ降りかかる

水鳥や食うて寝てまた流されて

白息や言葉激しき人の群れ

冬の陽やレール吐き出す始発駅

人往きて還り上野の年送る

平成二十年

革コート着て何人も寄せつけず

母よりの当て字のメール冬うらら

冬銀河笑顔で帰るために泣く

紅梅や山の上から滑り台

誰も居らぬ方へ壁掛扇風機

地下鉄を出でて朝顔市さ中

真鍮の艤装くもりし秋の風

銀婚の妻の抱きし冬薔薇

寒晴やぺたりと月が貼つてある

凍星を見上ぐ最後の曲り角

平成二十一年

手袋が疲れてゐたる椅子の上
しばらくは雛に声かけ出勤す

チューリップになりそこなひの葱坊主

爺婆が桜吹雪に笑ひ出す

梅雨の山歩けば雨に染まりけり

永き夜のラジオにも飽き地図開く

平成二十二年

合併に取り残されて花見かな

母撮らば遺影にせよと花の下

育ちゆくタワーに帽子黄砂降る

春の海テトラポッドのよく育ち

花ダチュラ垂れて漁港の日曜日

四月より町が市となり梨の花

ハンカチの木にハンカチの花咲く日
注水の派手に始まるプールかな

店先に今日の朝顔裏は海

尾瀬の水アルプスの水秋暑し

鹿島槍縦走　四句

竜胆や入山届投函し

キレットに狭き空あり秋茜

源流の一滴秋の空青し

国境を飛蝗横切る縦走路

熟柿落ち鴉まばたきするばかり

炬燵から出てきて物を売りにけり

定年

平成二十三年

初日いま海離れむと歪みけり

戻り来て初日の浜の砂落とす

近づけば用あるごとく鴨去りぬ

東日本大震災　三句

笑ふこと忘れて過ぎて四月馬鹿

陽炎や風の便りも届かざる

晩春や真白き富士を墓標とし

頂上に立ち梅雨空に触りけり

終バスやドア開くたびの虫時雨

雪吊の見本が一つ芝離宮

折り溜めし鶴の嵩なす炬燵かな

独りごと言ひてくべ足す焚火番

ニュータウンものみな古りて去年今年

平成二十四年

浅草に回り道する四日かな

今朝の魚捌く干物屋山椒の芽

春の野に頭出したる土偶かな

鯉のぼり揚げて膨らむ幼稚園

青梅の挟まつてゐる石畳

母の家訪ねてしばし昼寝かな

栃の実のまろびてどれも愚直なり

菱の実を手繰れば木橋軋みけり

長女久美子嫁ぐ　三句

金木犀匂ふ朝に嫁ぎゆく

秋日和新婦の貌になつてをり

嫁ぎゆく甘えて欲しき秋の日に

霜月や問屋は小売りお断り

平成二十五年

廃校の庭の真中に雪だるま

バス待てば蟬が飛び来てしがみつく

蕎麦打の名人とゐて秋暑し

鵜飼場に踊子船の流れきし

篝火に嘴光る鵜舟かな

パレードの殿を追ふ落葉かな

肩書が外れ手に取るひよんの笛

定年がみえて靴買ふ帰り花

小春日を満たして戻る観覧車

木枯の吹き抜けてゆく河馬の口

平成二十六年

外は雪真っ赤な嘘を聞いてをり

春の雪掬ふスコップ真つ黄色

定年の今年の桜満開に
見上げては藤棚出たり入つたり

横切りし蛇の尻尾がまだそこに
第二打を放ち郭公聴いてをり

初孫楓夏誕生　二句

臨月の寝顔幼し若葉雨

雷鳴や虚空を摑む赤子の手

定年退職　三句

職業は無職と記し梅雨籠

定年や財布に仕舞ふ蛇の衣

定年や明日は一人の夏休み

轡虫鳴きて床屋を追ひ出さる

寺出でし僧侶忘れず夏帽子

茄子胡瓜南瓜電流柵の中

校庭に鯨の頭骨ゴーヤ生る

鯨捕る町に炎暑の静寂かな

真白なりペンキの匂ふ海の家

おみくじの百の抽斗いわし雲

鶏頭の好きな家族でありにけり

週三日行くところあり吾亦紅

半分はコスモス映す道路鏡

鶏頭の花や謀反の兆しあり

総髪の男に出会ふ刈田かな

猪を捕へる前のから騒ぎ

霜降のタイヤを洗ふ蒸気かな

筋雲の太く流るる文化の日

冬ぬくし転調のある歌が好き

那谷寺　二句

石も樹も苔むす寺の時雨かな

立山へ能登を足場に冬の虹

鴨の陣陰と日向に分かれをり

木枯の果て覗きをる測量士

熱気球がうと影曳く枯野かな

煤逃や橋の真中に県境

郵袋のみな膨らめる年の暮

円墳

平成二十七年

埼玉古墳群　六句

円墳を登りて下りて梅探る

饂飩屋の隣に古墳うららけし

み春野や雨にけぶれる古墳群

蝌蚪の国古墳の濠に興りけり

墳飾る須恵器に沁みる春の雨

白梅の連なりにある古墳かな

強東風に古利根川の波白し

右四つと演歌が得意春うらら

岩瀬　二句

青ぬたや裏は運河の蔵屋敷

どの道を行けども春の水溢れ

さくら見てやぎ見て帰る土手の道

花吹雪百葉箱を隠しけり

笑ひ声上がりて石鹼玉来たる

山藤や何の何某いまは爺

下戸なれば筍飯を大盛に
閑居して真つ赤な薔薇を咲かせをり

頁折る癖は何時より楠若葉

砂日傘海から遠き砂に立て

音たてて洗ふ茄子の五つ六つ

永平寺

役僧の首青々と梅雨に入る

用水の音立て曲がる街薄暑

古井戸に梅の御紋や早梅雨

アボカドの種黒々と五月晴

夏服や笑顔の稽古してゐたる

とりあへず茄子を洗ひて何もせず

大利根の逆波白き男梅雨

寝転びて板の間涼し母の里

頂きに立ちてやんまと空にをり

鬼やんまもの翳りつつ過りけり

サングラス外し見上ぐる叙勲の記

梅干して陽の温もりを転がせり

武器に触るることなく老いて終戦日

ドーナツの箱抱へ来し月の客

港内に数多の航路秋うらら

朝顔のがんじがらめの錆碇

上海の月見る日本租界かな

伸びるだけ藻の伸びゆきて水の秋

雨上がりべつたら市の灯の滲み

秋鯖を食ひ唇の光りけり

地芝居の主役何度も現る

木犀の香の混じりをり夜の漁港

数珠玉を掬へば音の乾きたる

城ケ島　四句

島の道尽きれば猫と石蕗の花

洞門を潜りて疾し秋の風

千島より海鵜が三羽今日来る

秋の陽の昇り灯台消灯す

陸封の軍艦古りて木の実降る

軍港にカレーの香る秋日和

ばたばたと飛蝗に横を抜かれけり

曲がるたび紅葉濃くなるいろは坂

風邪ひきてよく風邪ひくと言はれけり

小春日のあぶくのやうな喧嘩せり

白菜が鉢巻をして出番待ち

前掛のおろしたてなる焼藷屋

着膨れてみんなの山羊に草呉れる

注連飾る目安の疵も古びけり

雲一つほどの集落冬ぬくし

年鑑に挟む付箋や事務納

平成二十八年

指つたふ空に張り付く凧の息

寒卵割れば元気な黄身ふたつ

受験子やイヤホンコードなびかせて

畑大根腰まで出でて曲りをり

つちふるや荷台に並ぶ豚の尻

一水を統べ白鳥の滑走す

神木と並ぶ桜の吹雪けり

陽炎や母のリュックの持ち重り

昭和はるか植田に雨のしぶきけり

天辺の厚く畦塗る棚田かな

後円は土筆の国となりにけり

はつ夏の海坂統べて安房の国

梅雨近し色のあふるる荒物屋

蟇出できて顔を仰がるる

父の日の父の喜ぶ金馬なり

向日葵や厨に五大陸の塩

リベットの整列涼し橋の裏

単線の森へ消えゆく夏休み

炎昼や歪みだしたる停止線

足尾　二句

渡良瀬の夏の果てなる遊水地

水澄むや閉山といふ行き止り

フクシマの土産の桃とその後など

大風の後の無患子日和かな

嬉しさは西瓜の好きな妻であり

母訪はば炬燵の上に何もかも
何かある炬燵の中の気配かな

魚津

二千年水漬く林や冬怒濤

顔ぶれも十八番も常の忘年会

居座つて冬日の中の氷川丸

今もあるホテル眩き年用意

古稀

平成二十九年

宛先のシールの束や初仕事

ごつごつと立春の風ぶつかり来

古墳背に埴輪めきたる春帽子

地に落ちて後の半生紅椿

福島ははるか勿来の春寒し

一族が庭に輪となり花見かな

空白に始まる旅程かぎろへる

先づ野菜食べて花見のおべんたう

ターザンにほどよき蔓や森若葉

浅草の駅に気負ひの祭足袋

父の日やヨット模様のパジャマ着て

屈託のありげに妻のサングラス

夏の浜表彰式の始まりぬ

門前の店は三軒苔の花

芝目読む姿の軽き半ズボン

梅雨明やおのおの広げヨガマット

露出計振り切る銀座大暑なり

神木と呼ばれて永し雲の峰

身勝手な言ひ分海鞘を分かち食ふ

終戦日今日の餃子を包みけり

秋の夜や心変りの唄ばかり

毒茸に囲まれてゐる茸好き

敬老の日のＧパンの真青なる

蓑虫や一所懸命ぶらぶらと

閘門の開きてどつと虫の声

柿熟るる本籍いまだ移しかね

新米を囲みて二人ルビー婚

マフラーの似合ふ波止場の汽笛かな

平成三十年

歴代の胸像並ぶ寒さかな

追儺式飛び来るものをみな摑み

屋根に雪のせてドライブスルーまで
母を待つ父のごとくに春待てり

下萌やマルゲリータを五等分

機関車の分厚き塗膜春の塵

散骨の真白く沈む春の潮

永き日や木端よりどり量り売

クロールの肩の軋みや梅雨湿り

運動もせず梅雨晴のカツカレー

父の日や太きベルトを強く締め

実梅もぐ古稀の兄貴と交代し

平成の最後の梅をよく干して

寝台を仕舞ひ終着駅涼し

縁台の人より多き団扇かな

賞味期限にこだはる人とゐて暑し

八月や手摺いつしか増ゆる家

天高く餃子の街に並びけり

枯蟷螂充分にして威嚇的

色浜　二句

人影のどれも小さし秋の浜

波音や萩の枝垂るる芭蕉の碑

蟋蟀に諭されてゐる旅一夜

エンジンの冷めゆく音や冬めける

アメ横といふ大長屋冬ぬくし

全身を伸ばしもの取る掘炬燵

平成三十一年・令和元年

鰐口を鳴るまで叩き寒参

妻よりのバレンタインの紙包

陸奥の海鞘並べをり水びたし

陽炎や古墳ぷかりと浮いてをり

犬埴輪連れてゆきたき春野かな

春の陽に古墳ほどよく温みをり
かぎろへる古墳に人の紛れけり

三椏の明るき終の住処なり

人に馴れゐし白鳥も帰る鳥

じっとして育ち過ぎたる海月の子
アロハ着て遊びの時間余しけり

木琴のころころ弾む良夜かな

梨届く二十世紀と大書して

野分過ぎ仕舞ひしものをまた並べ

掲げ持つ熊手の裏の素気なき

煉炭の青き火熾す夕べかな

下戸といふ不自由ひとつ古稀の春

あとがき

本句集『香日向』は、平成十五年から令和元年までの三百四十一句を収めた第一句集です。句集名は、埼玉県北東部・幸手市にあるニュータウンの町名から採りました。「かひなた」と読みます。三十年前、住宅団地の完成と共に入居し、子育て、働き盛りを過ごし、終の住処となる予定の地です。

水田主宰にはご多用の中、選句の労をお執りいただくとともに、身に余る序文を賜り、また上梓について、こまごまと助言をいただきました。日頃のご指導とあわせ、心より感謝申し上げます。

俳句歴は職場句会に始まり、現在、田禾集同人の神戸美沙子さんの知己を得て、水田主宰をご紹介いただき、田創刊と同時の入会に至りました。それからはや十八年。十年一日のごとく、目の前のことをあるがままに詠んできました。仕事の傍ら俳句を詠み、結社の仲間と句座を囲み親しんできた、ささやかな足跡がこの『香日向』です。古稀を迎えた今、この句集の上梓をもって、人生と俳句の新たな出発点にしたいと存じます。

最後になりますが、俳句を通じてお付き合いいただいている田の句友のみなさまと、いつも陰ながら応援してくれる妻と娘たち、母にも感謝します。
本書の上梓にあたり、飯塚書店の方々に大変お世話になりました。お礼申し上げます。

令和二年　夏

清水　余人

清水《しみず》 余人《よじん》 （本名 洋二）

昭和二十五年　福井県生まれ
平成十五年　田創刊と同時に入会 水田光雄に師事
平成十八年　田編集長（三年間）
平成二十六年　田賞選考事務局（六年間）
田「禾集」同人　公益社団法人 俳人協会会員
現住所　〒三四〇-〇一六四
埼玉県幸手市香日向二-一〇-一〇

田叢書第九集

句集　香《か》日《ひ》向《なた》

令和二年一〇月五日　初版第一刷発行

著　者　清水　余人
装　幀　山家　由希
発行者　飯塚　行男
発行所　株式会社　飯塚書店
http://izbooks.co.jp
〒一一二-〇〇〇二
東京都文京区小石川五-一六-四
☎〇三（三八一五）三八〇五
FAX　〇三（三八一五）三八一〇

印刷・製本　日本ハイコム株式会社

ISBN978-4-7522-5011-1

Printed in Japan